Praise for Storyshares

"One of the brightest innovators and game-changers in the education industry."
— Forbes

"Your success in applying research-validated practices to promote literacy serves as a valuable model for other organizations seeking to create evidence-based literacy programs." — Library of Congress

"We need powerful social and educational innovation, and Storyshares is breaking new ground. The organization addresses critical problems facing our students and teachers. I am excited about the strategies it brings to the collective work of making sure every student has an equal chance in life." — Teach For America

"It's the perfect idea. There's really nothing like this. I mean, wow, this will be a wonderful experience for young people."
— Andrea Davis Pinkney, Executive Director, Scholastic

"Reading for meaning opens opportunities for a lifetime of learning. Providing emerging readers with engaging texts that are designed to offer both challenges and support for each individual will improve their lives for years to come. Storyshares is a wonderful start."
— David Rose, Co-founder of CAST & UDL

Copyright © 2021 by Storyshares, LLC
Chinasa Menakaya

This visual presentation of *Mirror Images,* in which the text is rendered in Noah Text®—a specialized scaffolded text designed to help new readers, struggling readers, readers with dyslexia, and ESL/ELL individuals—is copyrighted material.

No part of this version of *Mirror Images* may be reproduced, stored in a retrieval system, or transmitted in any form or by any means—electronic, mechanical, photocopying, recording or otherwise—without the prior written permission of Storyshares, LLC, and Noah Text, LLC.

Noah Text® is a patented methodology.
U.S. Patent No. 11,935,422

All rights reserved.
Published by Storyshares, LLC.

Book design by Paola DiMeglio

The characters and events in this book are fictitious. Any similarity to real persons, living or dead, is entirely coincidental.

Storyshares
Dreaming up a new shelf in the global library

storyshares.org
Philadelphia, PA

ISBN # 9798885975551

Storyshares and Noah Text® present

Mirror Images

Chinasa Menakaya

A Storyshares book
in Noah Text®

This Storyshares book is rendered in Noah Text®, a patented evidence-based methodology for displaying text that increases reading skill.

Grounded in the science of reading, Noah Text® is a specialized scaffolded text that shows **syllable patterns** within words by highlighting them with bold and unbold, and marking **long vowels** (vowels that "say their own names").

Here are some examples:

entertainment	**ent**er**ta**in**ment**
beautiful	**beau**tiful
photosynthesis	**ph**o**t**o**syn**the**sis**
comprehension	**com**pr**e**hen**sion**
ironic	**i**ron**ic**
lieutenant	**lieu**ten**ant**
achievement	**ach**ieve**ment**
epitome	**epi**tom**e**
ideology	**i**de**o**logy
coordination	**c**oo**r**din**a**t**ion**

By showing readers the structure of words, Noah Text® enhances reading skills, freeing up cognitive resources that readers can devote to comprehension. Noah Text® simulates simpler writing systems (e.g., Finland's) in which learning to read is easier due to visible, predictable word patterns. As a result, Noah Text® increases reading fluency, stamina, accuracy, and confidence while building skills that transfer to plain text reading.

Highly recommended by structured literacy specialists, Noah Text® is effective for developing, struggling, and dyslexic readers and for English-language learners. Noah Text® enables resistant and struggling readers to advance their reading skills beyond basic proficiency so that they can tackle higher-level learning.

Readers find Noah Text® intuitive and easy to use, requiring little to no instruction to get started. A sound key that further explains how Noah Text® works can be found at the back of this book.

For further information on Noah Text®, please visit www.noahtext.com.

Dear Parents, Educators, and Striving English-Language Readers,

As individuals develop the ability to read beyond the elementary level, their challenge is to build on a basic awareness of how patterns of letters stand for sounds and how those sounds come together to make words. Readers who learn the letter patterns in one-syllable words are poised to recognize them in longer, multisyllable words.

For struggling readers, however, long words can appear to be a sea of individual letters whose syllable sub-divisions are hard to discern. The Noah Text® books highlight where syllable breaks occur, while also signaling long vowels -- those that "say their own names." These visual cues help struggling readers decode words more easily and read more fluently and accurately.

Now, with Noah Text®, all individuals can learn to read with less effort, empowering them to experience enriching literature and enlightening informational texts.

Miriam Cherkes-Julkowski, Ph.D.
Professor, Educational Psychology (retired)
Educational Diagnostician and Consultant

Mirror Images

Chinasa Menakaya

Contents

Chapter One 11
Chapter Two 21
Chapter Three 27
Chapter Four. 31
Chapter Five 35
Chapter Six 39
Chapter **Sev**en 41
Chapter Eight 45
Chapter Nine. 49
Chapter Ten 55
Sound Key 57
About the **Au**thor. 61
About the **Pub**lish**er** 63

Chapter One

When I am five, my **teach**ers tell me that **fam**ily is blood. My **class**mates nod their heads, still too big for their **bod**ies, **bab**bling in **agree**ment.

My **bod**y squirms in my **plas**tic seat. I don't like that **id**ea at all. Blood is red. Red is the **col**or of all **scar**y things.

Timmy, the boy who **al**ways brings **Luck**y Charms, drew a **mon**ster **yes**ter**day**. It had a wide mouth full of too **man**y teeth and horns that were **al**most as long as the rest of him. Red **cray**on, held **tight**ly in **Tim**my's **squish**y fingers, created the monster's uneven skin. I had a dream about that red monster and saw it peeking through my wardrobe when I woke up.

The teachers tell us that blood is the strongest bond we have to anyone. I'm not sure what "bond" means, but the wrinkles between Mrs. Esther's skinny eyebrows tell me that it is serious. I don't know whether I believe her. She lied about Santa being real.

Mrs. Esther puts us in groups during art class and tells us to draw a home: a place where families live together. All the bright crayons, happy colors, are snatched before I decide what to draw.

Squiggles of bright rainbows and trails of mucus quickly fill scrunched loose-leaf papers. Timmy piles up the red crayons beside him and covers a whole page. No shapes or outlines, just splotches of red.

My hands move shakily over a green square, then a brown roof. A black rectangle for the door and two purple square windows. I steal a red crayon when Timmy isn't looking. I use it to draw Mummy, Daddy, and me. Three bloods, **hold**ing hands. A **family**.

My **draw**ing is up on the fridge for **everybod**y to see. **Dad**dy tells me that I have **tal**ent. He **ex**plains that it is **some**thing **spe**cial, **some**thing **ever**y**one** wants. He says it with a big smile that **wrin**kles the side of his eyes. Then he scoops me up, the world **push**ing away from my feet, my **laugh**ter **shak**ing **un**der my skin. I am **soar**ing.

I draw more **pic**tures of us, of the trees **out**side, the **flow**ers in our **neigh**bor's **gar**den, my **teach**er's weird **eye**brows, and the **ti**ny blue car I saw **out**side my **win**dow **yes**ter**day**. **Dad**dy hangs up all my **pic**tures, but not the car. He must like it a lot, **be**cause he keeps it close to him all the time.

The blue car is **out**side my **win**dow when **Mum**my comes home from work one **Tues**day **eve**ning. She is **ear**ly to**day**.

I watch her through my **win**dow as she pulls off the clip in her hair and lets her braids fall around her face. She **re**moves her pink **see**ing **glass**es and **push**es them **in**to her **hand**bag, like a **su**per**he**ro **shed**ding their cos**tu**ide. **Mum**my walks **in**side and shuts the door. **I** sit down on my bed and pick one of the **cray**ons **scat**tered on the floor.

Loud **voic**es fl**o**at thro**u**gh the walls of my room. **I** can h**ea**r **Mum**my and **Dad**dy. They are **say**ing m**ea**n things. Their **voic**es crack and gr**o**w **un**til **I** clutch my **ea**rs to block it out. **I** run out and shout, "Stop!" **be**cause they are **hurt**ing m**e**, but s**ee**ing a third **per**son m**a**kes m**e** pause.

There is **an**oth**er wom**an, **tall**er than **Mum**my, **cling**ing to **Dad**dy's arm. **Mum**my is **stand**ing on the **oth**er s**i**de. The brown **so**fa is l**i**ke a fence **sep**ar**at**ing them. That **is**n't right. **Dad**dy should let g**o** of the tall **wom**an with **an**gry eyes.

Mummy s**ee**s m**e** first. She runs and scoops m**e** up l**i**ke a ball, **hug**ging m**e** to her chest. There is n**o** **laugh**ter now. **I** am sc**a**red.

Mummy is **shout**ing, "Get out! Get out of our house!"

That m**a**kes sense. The **wom**an should l**ea**ve. Sh**e** is the one who **does**n't **be**long h**e**re. **In**stead, **Dad**dy walks out with her. My **in**s**i**des f**ee**l too t**i**ght, and my skin gets hot. A fire has burnt its way through our "bond" with no **warn**ing or **build**up.

We do not **sur**vive it.

Later that night, when **Mum**my has stopped **cry**ing, I sneak out of her room and go to the fridge. The **pic**ture of our home is too far to reach, so I jump as high as I can with my arms **out**stretched. My **fin**gers dig **in**to the **pa**per, but my face slams **in**to the **met**al doors. I slide to the floor with the **draw**ing.

Family is blood, but **Dad**dy's blood **did**n't stop him from **leav**ing. I tear the **pa**per in my hands **un**til the **piec**es are like snow. Then I stuff them **in**to my mouth. I don't draw **any**thing **af**ter that.

A year **af**ter **Dad**dy leaves, the law tries to help our **fam**ily. That is what **Mum**my tells me. I dress up in my most **grown**up clothes: a white top with **ruf**fles on the **shoul**ders and black **trou**sers. I look for my **clean**est pair of socks and make sure they match. There are no **pat**terns or **car**toons. No bright **col**ors or **glit**ter. I am plain. I am a **grown**up.

Mummy is **si**lent as w**e** dr**i**ve. Sh**e** **does**n't put on **an**y of our **fa**vor**ite ra**di**o sta**tions. There are n**o mo**tiv**a**tion**al** talks or **ser**mons to ch**a**se **a**w**ay** the **ab**sence of sound. Sh**e** **does**n't **com**ment on the big-girl cl**o**thes **I** picked.

It's **o**k**ay**. **I** d**o**n't ask how much **long**er the dr**i**ve is or pl**ay I** Spy. **I** will b**e** on my best **be**hav**ior**.

The **cou**rtroom is c**o**ld. **I** should have brought my pink **sweat**er.

"**O**h wow, look at our **lit**tle **A**mira! You've gr**o**wn s**o** much." Mr. **I**bra**him**, **Mum**my's **law**yer, puts his hand out to sh**a**ke m**e**.

H**e** saw m**e** last w**ee**k, in our house. **I** **have**n't gr**o**wn, but **I** d**o**n't **cor**rect him. **I** let him wrap his **sweat**y **fin**gers **a**round m**i**ne and jerk them up, then down.

The room fills with **peo**ple **I** have **nev**er s**ee**n. They all kn**o**w my n**a**me. "**A**mira." A-m**ee**-raa. My n**a**me sounds str**a**nge and **heav**y in their mouths. **I** wish they would stop **say**ing it. They r**e**ach out for m**e** with their **stick**y **fin**gers and **heav**y breaths.

Mummy l<u>ea</u>ves m<u>e</u> in the **mid**dle r<u>o</u>w with a **wom**an, an **aunt**y <u>I</u> d<u>o</u>n't kn<u>o</u>w. Sh<u>e</u> walks **to**ward the front of the room, **sit**ting **be**side Mr. **I**bra**him**. **Dad**dy sits on the **oth**er s<u>i</u>de of the room next to a man, **an**oth**er per**son <u>I</u> don't kn<u>o</u>w. The world is **un**famil<u>i</u>ar **to**d<u>ay</u>.

<u>I</u> w<u>ai</u>t and w<u>ai</u>t, but h<u>e</u> **nev**er turns his head. **Nev**er looks for m<u>e</u>. <u>I</u> try not to let that hurt m<u>e</u>. **Dad**dy is **prob**ably just stressed.

An <u>o</u>ld man in a long, **yel**l<u>o</u>w wig walks **in**to the room and **ev**e**ry**one stands, s<u>o</u> <u>I</u> do too. His voice is **scratch**y, l<u>i</u>ke it is **push**ing past rough walls in his thr<u>oa</u>t. It m<u>a</u>kes m<u>e</u> **un**com**fort**a**ble**.

Eve**ry**one in the room is **ver**y **fo**cused on the man with the **scratch**y voice. <u>I</u> p<u>a</u>y **at**ten**tion**, too, but <u>I</u> d<u>o</u>n't **un**der**stand** what h<u>e</u> is **s**<u>a</u>**y**ing. The words that **tum**ble out of his big lips m<u>a</u>ke n<u>o</u> sense to m<u>e</u>. **Un**til <u>I</u> h<u>e</u>ar my n<u>a</u>me. A-mi-raaaa. That's m<u>e</u>, but n<u>o</u> one turns to look at m<u>e</u>. Not <u>e</u>ven **Mum**my or **Dad**dy.

My palms are **sweat**y, but <u>I</u>'m still c<u>o</u>ld.

Mr. **I**bra**him** jumps out of his ch<u>ai</u>r; it falls

to the ground, loud and **hollow**. He points a **meaty finger** in **Daddy's direction**. "He has no **family**," he says. "That is not a home."

I tug on my **aunt**y's shirt. Her eyes are sharp when she turns to me. "That **is**n't true," I **whis**per. "**Dad**dy has a **family**. Me and **Mum**my are his **family**. Mr. **Ibrahim** got it wrong. **Some**one needs to tell him he got it wrong."

My **aunt**y makes a cough-like sound and turns away from me. No one tells Mr. **Ibrahim** that he is wrong. Not even **Dad**dy. **Peo**ple nod their heads and **mum**ble in agreement. Mr. **Ibrahim does**n't sit back down. He keeps **talk**ing, the vein in his neck **bulg**ing with each **sen**tence.

"This is **obvious**," he says. "We have to think **about Amira's wellbeing** and who is most fit to take care of her."

I want to shout that **Dad**dy takes care of me just fine. He buys me **can**dy and tells me **stor**ies at night. He scoops me up and makes me fly. I want to say so **many** things, but my **aunt**y puts a **bon**y hand on my **shoul**der and squeezes a little, enough to hurt.

"Your father is an orphan with no siblings," she says.

I don't know what "orphan" means, and she doesn't explain.

The man with the yellow wig hits a hammer on the table. He says something. More words that I don't know.

Mummy covers her face with her hands and her shoulders shake. My aunty removes her hand from my shoulder and whispers, "Yes. Thank God."

"What happened?" I ask, voice trembling.

Her sharp eyes are not so sharp anymore. "They have decided that you will stay with Mummy."

I shake my head. "Who decided?"

"The court did."

That doesn't make sense to me, so I ask, "For how long?" She shrugs her pointy shoulders. "Forever."

I let myself cry now. The court did not ask me what I wanted before planning my forever.

Chapter Two

I have grown five **inch**es the next time I see **Dad**dy. Three years have gone by in a blur of maths **class**es and **emp**ty **hous**es. **Mum**my has picked up more shifts in the **hos**pital to **sup**port us.

The walls of my new house are **ver**y strong. **Con**crete. Yet, when the wind gets too strong, I **wor**ry that the whole thing will **col**lapse.

It's **Sun**day, so we go to church. I wear my **fa**vorite blue dress, the one with the big bow around my **tum**my. **Mum**my wears a shirt and skirt that **shim**mers when she walks. Her h<u>a</u>ir is **cov**ered in a head wrap. It's w<u>i</u>de and <u>o</u>val**ly**, l<u>i</u>ke a **UFO**.

<u>I</u> ask to **in**spect her head for **a**li<u>e</u>ns, but she just **hus**tles m<u>e</u> **in**to the car. It's black, n<u>o</u> bl<u>u</u>e cars **a**round.

The **cei**ling of our church is m<u>i</u>les **a**w<u>a</u>y from the **wood**en bench <u>I</u> sit in. <u>I</u> **im**a**gine fly**ing to the **pret**ty **chan**deli<u>e</u>rs that wink down at m<u>e</u>, but <u>I</u> **quick**ly sh<u>a</u>ke the thought **a**w<u>a</u>y. There will b<u>e</u> n<u>o</u> more **fly**ing for m<u>e</u>.

People k<u>ee</u>p **star**ing at us. The blacks of their eyes turn **sl<u>o</u>w**ly in our **di**rec**tion**, then dart **a**w<u>a</u>y when <u>I</u> look up. They talk out of the left s<u>i</u>de of their mouths, wh<u>i</u>le the r<u>i</u>ght s<u>i</u>de lifts in small sm<u>i</u>les. <u>I</u> **in**spect my dress for j<u>u</u>ice st<u>a</u>ins and check to s<u>ee</u> that **Mum**my's **UFO** is still in pl<u>a</u>ce. **Noth**ing out of pl<u>a</u>ce. N<u>o</u> r<u>ea</u>son to st<u>a</u>re.

The **pas**tor cl<u>i</u>mbs **in**to his **fl<u>oa</u>t**ing box and talks **a**bout **fam**ily. The wh<u>i</u>te h<u>a</u>ir **a**round his mouth jumps **a**round as h<u>e</u> sp<u>ea</u>ks. Drops of spit shoot out of his mouth, his words in **phys**ical form.

H<u>e</u> <u>o</u>pens his **Bi**ble, <u>o</u>ld and worn, **prop**ping it up in front of him. "If you don't have your Bible, look up at the screens and follow along," he says.

A sea of necks crane upward, eyes wide and accepting. The top of the screen reads Ephesians 5:22-33.

"Eh-fish-ans," I read out obediently.

A rumble of voices follows the words with me, like a hymn. We read about wives who submit and husbands with the same bodies as their wives. Mummy's lips are pressed into a thin line, caging her words inside. Other women with colorful UFO's glance at us while we read. I raise fire in my eyes to make them look away, forgetting the words on the screen.

After the service, the women who stared at us create a ring around Mummy. They laugh with their backs bent and heads thrown back. Their mouths are wide and crooked teeth flash out. They don't have horns, but they are monsters. My brain tells me that.

The women become quiet, spines stiffening, as they look above my head.

Daddy is h_e_re.

H_e_ is **al**o_ne. H_e_ stands **ver**y still, eyes **dart**ing **a**round. My heart gets big in my chest. H_e_ is **look**ing for m_e_. I knew h_e_ would.

I thr_o_w off the **ti**ny h_i_gh-h_ee_led shoes on my f_ee_t and bend my kn_ee_s. I am f_i_ve **inch**es **short**er now. L_i_ke I was when h_e_ left. My front tooth has **fall**en out, s_o_ I sm_i_le with cl_o_sed lips. Now I look l_i_ke the m_e_ he **re**mem**bers**. H_e_ will f_i_nd m_e_ now.

Mummy steps in front of m_e_, her skirt **kick**ing up with the **sud**den **move**ment. The **ot**her **wom**en stand **be**s_i_de her. They are a wall, **hid**ing m_e_.

I shout, "N_o_! H_e_ has to f_i_nd m_e_. H_e_ c_a_me to f_i_nd m_e_!"

The **wom**en stand still and **ig**nore m_e_. My **fin**gers grab at the rough **ma**t_e_ri**a**l of their cl_o_thes and pull. My arms are too small, my **bod**y too w_ea_k.

All the **wom**en are **ver**y **dif**fer**ent**, **dif**fer**ent** sh_a_pes and **col**ors, but their **fac**es are the s_a_me. Their **eye**brows, c_a_ked with brown **cra**yon, pulled down. **Rip**ples **a**long their

24

noses l**i**ke there is a bad smell, and eyes that r**o**ll one **af**ter the **oth**er.

I p**ee**k thro**u**gh their skirts to s**ee** **Dad**dy **look**ing at them. H**e** can't s**ee** m**e** **un**der their clothes. He **o**pens his mouth and t**a**kes a step **for**ward, **to**ward m**e**, but h**e** **does**n't t**a**ke **an**oth**er**. His eyes lift to the wall in front of m**e**, then drop to the floor. His **fin**gers twitch at his s**i**des **be**fore h**e** stuffs them in his brown **trou**sers.

H**e** spins his back to m**e**, then h**e** walks **a**w**a**y. His steps are **hur**ri**ed** and large, l**i**ke h**e** is **es**c**a**p**ing** a house on f**i**re.

Chapter Three

I am **six**teen years old when Mum sits me down to "talk."

We are the same height now, but I still feel small, **movable**. The brown **so**fa **wel**comes my **bod**y and I try not to sink **in**to it. Mum sits straight, **an**kles **fold**ed **neat**ly at her side. My **shoul**ders are slumped, hands clenched in my lap.

We are **stra**ngers that **drift**ed **a**part while we tried to **sur**vive an **ex**pl**o**sion. Dad left a hole too big to **un**der**stand**. In **try**ing to cope with the pain, we hid from each **oth**er, making the hole wider. I take a slow breath, expanding my lungs, bracing for impact.

"A really good opportunity has come up. It would help me out a lot if you went. I know you would be fine with it, but I just wanted to have a discussion with you." Mum's voice is excited but sincere.

I keep my mouth closed, producing a small smile. Encouraging her to continue. The discussion goes on in similar fashion: her talking about a great opportunity, me nodding. My aunt has just been offered a job in the United States. Mum wants me to leave with her. In a month. She says it is an opportunity to grab things that she can't give. A better education, connections, money.

Her eyes sparkle when she says, "Just imagine all those women in church when they hear I sent you abroad! All by myself! I did it without your father."

I get stressed going to new places, even restaurants. I have never talked to anyone who isn't Nigerian. I have dreams about the school shootings I hear about on the news.

Being even a little cold puts me in a bad mood.

I don't say any of this. I just pull the corner of my lips higher and keep nodding.

She is clapping and muttering praises to herself, then she pauses for a moment and turns to me. "Remember to surround yourself with the right people, our people," she says. "Don't get swept into groups of people who aren't like us. Do you understand?"

I can't get myself to nod. *Our people.* All that comes to mind is chocolate skin, brown eyes, and wounded hearts. Does their skin make them mine? I have never had my people.

The discussion isn't really a discussion. The choice isn't really a choice. A month later, I am on a plane to a different world.

Chapter Four

A **coll**ec**tion** of **de**gre͇e͇s swims **a**round in my **su͇it**ca͇se when I̲ me͇e͇t my **fam**i**ly**. I̲ am **near**ing the end of my **twen**tie͇s, with **lit**tle to **re**port. **Bachel**ors, **Mas**ters, an **un**planned **PhD** to push li̲fe back a **lit**tle. I̲ am done with school now. Li̲fe is he̲re.

I̲ drag my li̲fe **on**to the front steps of the big, red **build**ing at the end of the ro̲ad. Two **su͇it**ca͇**ses** that **con**ta̲in no̲ **pic**tures of me̲ and my **peo**ple. I̲ **did**n't fi̲nd them.

A **wom**an in a **flo**ral dress e̲merg**es** from the brown front door and gli̲des down the steps to m**ee**t m**e**. Sh**e** thr**ow**s her hands **a**round my **shoul**ders and pulls m**e** down to her. The hug is warm, **va**ni**lla tick**ling my n**o**se.

"**Wel**come to the **fam**i**ly**," sh**e** says **br**i**ght**ly.

I sh**a**ke my head and t**a**ke a step **a**w**ay** from her. My **bod**y puts sp**a**ce **be**tw**ee**n m**e** and her words.

"**I**'m just the s**u**per**in**ten**dent** for the **build**ing." My voice comes out l**ow** and rough.

The **la**ment**ed de**gr**ee**s swim more v**io**lently in my **suit**c**a**se. **I ig**nore them. This is the job **I want**ed more than **anything**. To m**a**ke a **build**ing a h**o**me, to k**ee**p it a h**o**me.

The **wom**an smiles **br**i**ght**ly, white t**ee**th sh**am**ing the sun.

"**Ex**act**ly**." Sh**e** pulls one of my bags, one half of my l**i**fe, out of my hand, **ca**rry**ing** it up the st**a**irs l**i**ke it weighs **noth**ing. "Come in, **I**'ll do the **in**tr**o**duc**t**ions."

The **wom**an in the **flo**ral dress grabs a man by the **el**b**ow** and pulls him **to**wards m**e**. The **wom**an **in**tr**o**d**u**ces them in a **flur**ry of **ex**c**i**ted words and big **ges**tures. Mr. and Mrs. G**u**. They live in **a**part**ment** 1A on the first floor. They **im**mi**grat**ed from South **Ko**r**ea**, but d**o**n't s**ay** when.

Mrs. G**u** is a nurse, the **on**ly k**i**nd one I have **ev**er met. Sh**e** is small, but her **laugh**ter booms and her brown eyes **spar**kle **at**ten**tive**ly. Mr. G**u** **does**n't talk much. H**e** **of**fers a few words **on**ly in the **sec**onds when Mrs. G**u** is out of breath. H**e** is a gre**a**t cook, l**i**kes to f**ee**d **peo**ple. His **favor**ite **mov**ie is *Up*, the **Dis**n**ey** **mov**ie, in c**a**se I am not sure which one. It is my **favor**ite **mov**ie too.

After **intro**duc**t**ions, they t**a**ke m**e** on a tour of the **build**ing, our h**o**me. They tell m**e** **a**bout the **ten**ants in the **ot**her rooms. M**o**st of the **peo**ple h**e**re have **trav**elled a long **dis**tance and formed small com**mu**ni**ti**e**s**. The **ot**her **wom**an on my floor, Gr**a**ce, moved in last month but **does**n't come out too **of**ten. As w**e** walk, Mrs. G**u** **catch**es m**e** up to sp**ee**d on all the **lat**est **gos**sip. The walls are thin h**e**re, but this h**o**me is strong, **un**br**ea**k**a**ble. My br**ai**n tells m**e** that.

Chapter F**i**ve

    Two months have run through me, **leav**ing my **bod**y worn by the **im**pacts of time. I sit in the **wood**en **rock**ing chair tucked **a**way in the **cor**ner of the **com**mon room. The sun casts an **or**ange glow **o**ver the space and heats my skin. The phone pressed **a**gainst my ear **caus**es sweat to drip down my **he**lix.

    Silence swells on both ends, **stretch**ing **in**to **some**thing **heav**ier. I can feel the weight of it **set**tle **a**round my chest. The **grand**father clock in the **cor**ner of the **com**mon room chimes **loud**ly, **re**mind**ing** me that the world is still **mov**ing.

"S**o** things are **go**ing well?" Mum asks. Her voice is far **a**w**ay**, **be**cause her **bod**y is **pr**e**occu**p**i**ed by **some**thing else.

I stretch out my legs in front of m**e**, **lis**ten**ing** to the cr**ea**k and pop of b**o**nes. "Yeah, **eve**ry**one** h**e**re is **re**ally n**i**ce. I'm **com**forta**b**le." My words are dull and flat from **re**peti**ti**on.

"**I** still d**o**n't **un**der**stand** why y**o**u ch**o**se to do this. Aren't there **oth**er things to do with your d**e**gr**ee**?" Sh**e** is a **lit**tle **clos**er now, but still **im**pos**si**bly far from m**e**.

W**e** have gr**ow**n in **sep**arate d**i**rec**tions**. The **con**vers**a**tions w**e** have now are **skep**tical **sw**ipes at the **sur**face of two d**ee**p s**ea**s.

"I'm **hap**py with what **I**'m **do**ing, and **I** m**a**ke **e**nough to b**e** **com**fortable," I s**ay**.

Anoth**er** w**a**ve of **si**lence **fol**l**o**ws our words, then a quick **good**bye. **I** pull my ph**o**ne **a**w**ay** from my **e**ar and **o**pen the **cal**en**dar** app to set a d**a**te a month from now for **an**oth**er** **script**ed check-in.

Mr. and Mrs. G**u** stop the chess g**a**me they

are **play**ing and gl**i**de **o**ver to m**e**. "Was that your mum on the ph**o**ne?" Mrs. G**u** asks, **set**tling **in**to the s**ea**t **be**side m**e**. Mr. G**u** re**ma**ins **stand**ing. **I** nod.

Mr. G**u** looks at the **ceil**ing, then at m**e**. "Did yo**u** have a **bet**ter **con**vers**a**tion this t**i**me?"

I sh**a**ke my head, and s**ee** dots of wh**i**te in my **vi**sion. Mrs. G**u** **pass**es m**e** a **bot**tle of w**a**ter, which **I** re**ce**ive with a sm**i**le.

"**I**'m not **try**ing to have a **bet**ter **con**vers**a**tion, and **nei**ther is sh**e**," **I** s**a**y.

"W**e** d**o**n't kn**o**w much **a**bout **e**ach **oth**er, there is **noth**ing to s**a**y."

Mr. G**u** turns and tilts his head l**i**ke h**e** does **when**ever h**e** is **think**ing **some**thing thro**u**gh. Then h**e** nods, turns **a**round, and walks **a**w**a**y.

I look to Mrs. G**u** for an **an**swer and sh**e** lets out a **lit**tle laugh, a **whis**per of **a**ir. "H**e** has a lot of **re**grets about **re**l**a**tion**s**hips that are now **im**pos**si**ble to mend. H**e** **strug**gles when h**e** s**ee**s the **peo**ple h**e** c**a**res about in **dan**ger of that."

Chapter Six

Naomi walks **in**to our lives three months **af**ter I turn 28. She moves in with her **mot**her on a **ran**dom **Mon**day in May.

She is a **beau**tiful **zom**bie **up**on arrival. Her high **cheek**bones, **flaw**less brown skin, and **hon**ey brown eyes are all signs of her **beau**ty. **How**ever, dark **cir**cles cling to the **bot**tom of her eyes and her braids are so old they look like she has **al**ready **tak**en them out. She **ca**rries **mul**tiple **box**es up three flights of stairs **with**out **say**ing a word of **com**plaint.

Her **mother** is still in the **drive**way, leaned **o**ver a bl**ue Hon**da **Civ**ic. **An**ger **blos**soms **with**in m**e** at the s**i**ght, and I turn **a**w**a**y to k**ee**p my **mem**or**ies** at b**a**y.

Mrs. G**u** is at work when they **ar**r**i**ve, s**o** I t**a**ke c**a**re of the **in**tr**o**duc**ti**ons. It t**a**kes two hours to **in**tr**o**d**u**ce **our**selves and haul **eve**ry**thing** up to the third floor. Their l**i**ves fill up an **en**t**i**re U-Haul truck. It is **ex**haust**ing** to move that much l**i**fe.

W**e** all **col**lapse on the **com**mon room floors, **br**e**ath**ing hard, eyes fixed to the **cei**ling.

"**Wel**come to the **family**," Mr. G**u wheez**es as h**e** sets **a**s**i**de a pack of **brush**es and one h**u**ge **can**vas. It has **noth**ing on it. A fresh start.

Na**o**mi's **hon**ey eyes dig **in**to him, **search**ing for tr**u**th, not **trust**ing.

I **un**der**stand** that look, the **men**tal step back that comes with it. I r**ai**se a t**i**red arm and squ**ee**ze her **shoul**der **light**ly. "What's your **fav**or**i**te mov**i**e?" I ask.

Chapter Seven

Only one complete birth cycle passes before Naomi's mum runs off with Gerald, the owner of the Honda Civic. Gerald is a 26-year-old man (20 years younger than Naomi's mum) who overcompensates for his name with leather and chains.

Mrs. Gu tells us she saw this coming. I did, too. Blue cars can't be trusted.

Naomi says she is fine, doesn't care, and isn't bothered.

Apparently this isn't the first time her mother has run off with a man, but it is the first time she has left **Naomi be**hind. She has **also** stopped **pay**ing her rent. **Naomi does**n't kn**o**w that. She **does**n't kn**o**w that Mr. and Mrs. Gu take turns with Grace to pay it off. She **does**n't n**ee**d to know. **Family** gives **with**out **speak**ing.

Naomi puts on a brave face **through**out the day, but at night she crawls in and out of **her**self. She knocks on my door **to**day a **lit**tle **af**ter **mid**night. Her eyes are **ba**rely **o**pen. It looks like she has been in a **tus**sle. Her pant legs are rolled up to her knees and her shirt is **in**side out. There are **splash**es of paint all **o**ver her skin. Reds, greens, and deep blues.

"**Could**n't sleep," she **mur**murs, **drag**ging her limbs **in**to my **a**part**ment**.

We sit cross-**leg**ged on **op**po**s**ite sides of my bed.

"Bad dream?" I ask.

She shakes her head, **send**ing brown braids **fly**ing. "It was a good dream, Mum was there, but I woke up and it **was**n't **re**al. I wish I dreamed of **de**mons **in**stead."

I pull her **in**to a hug, **hold**ing her close. Her

demons are **pres**ent when sh**e** is **a**w**a**ke. In the **qui**et rooms and **emp**ty **cup**boards.

W**e** slip **un**der the **cov**ers and drift. **I** dr**ea**m of **de**mons with red skin and **point**y horns.

Chapter Eight

Two years of **mov**ie nights and shared meals brings our **fam**ily to this moment. A note, a **loom**ing **de**ci**sion**, a red-faced Mr. Gu.

On an **un**nec**es**sarily hot **sum**mer day, most of the **res**i**dents** are piled around fans in the **com**mon room like **rep**tiles **sun**bath**ing**.

Mrs. Gu **hur**ries into the room, **trip**ping over her **san**dals in her **hur**ry to leave them at the door. She **rush**es to the **din**ing **ta**ble where I am **flip**ping through my **cop**y of *My Sister the Serial Killer*.

She pulls out a **crum**pled piece of **pa**per

from the **pock**et of her **flo**ral skirt and sl**i**des it to m**e a**cross the **ta**ble. With the spark in her eyes, yo**u** would think sh**e** had just **giv**en m**e** a bag of **co**ca**i**ne.

Sh**e** shrugs her **dain**ty **shoul**ders. "**Na**o**mi's** mum called on the **land**l**i**ne, g**a**ve m**e** her **num**ber."

At the **men**tion of **Na**o**mi's moth**er, Mr. G**u push**es his **bod**y out of the worn **leath**er couch and joins us at the **ta**ble.

"Why would sh**e** r**e**ach out now?" h**e** scoffs. His **u**s**u**ally **smi**l**e**y **fea**tures are drawn up t**i**ght in **an**noy**ance**, with his lips **curl**ing and his jaw **clench**ing.

Mrs. G**u** thr**o**ws her arms up in **ex**asper**a**tion. "**Na**o**mi's** mum l**i**ves with **Ger**ald in **Flori**da and wants **Na**o**mi** to come live with them there. Sh**e** g**a**ve m**e** her new **num**ber **be**cause sh**e** lost her **o**ld ph**o**ne and wants **Na**o**mi** to call her. Sh**e** said sh**e's sor**ry **a**bout how sh**e** left."

"S**o** w**e** are **giv**ing **Na**o**mi** the **num**ber?" **I** ask.

Mr. G**u** sh**a**kes his head. "N**o**."

The debate starts then, and for the first time, Mr. and Mrs. Gu are on opposite sides. A couch creates a wall between them.

Mrs. Gu's words are sharp, wrapped in barbed wire. "Her mother made a mistake. She is trying to fix it. Who are we to stand in the way of that? Naomi should reach out to her mother. She should forgive. They are family."

Mr. Gu isn't fazed. His bulky shoulders pull higher, his chin turning upwards. "Family chooses you back, and not after two years. Not as an afterthought. Cycles of neglect go on because people keep telling the person getting hurt to forgive."

I stand up from the table, hoping some extra height will get their attention. It doesn't.

"We have to think about her wellbeing, and who is more fit to take care of her," Mr. Gu insists. His almond eyes are bigger, full of despair. "We can take care of her."

His words remind me of cold courtrooms and tiny hands moving nervously over plain black **trou**sers.

"This **is**n't our **de**ci**sion** to m<u>a</u>ke," <u>I</u> s<u>a</u>y.

My words are st<u>ee</u>l. They l<u>e</u>ave n<u>o</u> room for **dis**cus**sion**.

Chapter N**i**ne

The fire is **up**on us six hours **lat**er.

Naomi and I are curled up on my bed **watch**ing The **Con**juring when the sound of **bang**ing tears me out of bed. I slip on my **pur**ple silk robe, **stum**bling **to**wards the door with **Na**omi a few steps **be**hind me. I hear **fren**zied **chant**ing in the **hall**way. It sounds like the Lord's Prayer.

I throw **o**pen my door to find Mr. Gu with his hands on his knees, **breath**ing hard. **Be**side him, Grace **bounc**es on the balls of her feet, **read**y to take off. Her small frame is **drown**ing in **mis**matched **pa**ja**mas**, gr**ee**n eyes w**i**de with **pan**ic.

"**F**ire in the **base**ment. N**o a**larm. Too l**a**te. W**e** n**ee**d to get out!" sh**e rush**es.

Mr. G**u** looks at her, then at us. "W**e** n**ee**d to l**e**ave now."

"Is **eve**ry**one** else out?" **I** ask at the s**a**me t**i**me **Na**omi says, "Shit, **I** thought **I** turned it off."

Her words slur **to**geth**er**.

"What?" Gr**a**ce and **I** scr**ee**ch in the s**a**me pitch.

"**I** m**a**de **ra**men. **I** thought **I** turned the st**o**ve off. **I** was s**o** sure, but **I** was **cry**ing a lot. You d**o**n't think it was that, do yo**u**?" Her voice **ri**s**es** with **eve**ry word.

"**Je**sus, s**a**ve us! L**i**ke **Shad**rach, **Me**shach, and **A**bed**ne**g**o**, fr**ee** us from this f**i**re **mi**rac**u**lous**ly**." Gr**a**ce is **rush**ing **to**wards the st**a**irs, her words **tr**a**il**ing **af**ter her.

Naomi and **I** sh**a**re a look of **pan**ic, b**o**th **imagin**ing our charred flesh, then w**e** t**a**ke off. Mr. G**u** grabs us b**o**th by the arm and pulls us, with more strength than h**e** should have, down the **hall**way.

We skip two st**ai**rs at a t**i**me on our w**ay** down. The br**i**ght **or**ange fl**a**mes lick their w**ay** up the st**ai**rs to the **base**ment on the **oth**er s**i**de of us. Fl**a**mes **try**ing to **es**c**a**pe hell.

The **lob**by is **cov**ered in dark clouds that cling to the **cei**ling. **I** gasp at the s**i**ght, **fill**ing my n**o**se and mouth with puffs of sm**o**ke. F**ea**r wraps my **bod**y, **stick**ing l**i**ke t**a**pe.

Once w**e** step out of the **build**ing, **I** scan the **park**ing lot for the rest of the **residents**. My eyes skip **a**bout, **con**duct**ing** a **rap**id **head**count.

Peo**p**le stand in small **clus**ters, **clutch**ing ran**d**om **i**tems to their chests. **Every**o**ne** is out.

Gr**a**ce runs **o**ver to one of the **clus**ters, and the limbs **o**pen for her, **wrap**ping her **fran**tic **bod**y b**e**tw**ee**n them. Mrs. G**u** walks **o**ver to us with a hand on her chest and t**e**ars **brim**ming in her eyes.

The **dis**tant sound of **si**rens rings thro**u**gh the **ai**r, and **I** f**ee**l a surge of h**o**pe. As soon as the thought forms in my m**i**nd, **Na**o**mi** tugs on my arm. I turn to her to find wide brown eyes filled with tears.

"Hey, it's going to be ok," I say. "The fire department is on their way and we all made it out, so—"

"I left my locket inside. I wasn't thinking because I was so scared but I can't—" She takes a shaky breath, fingers digging into my skin.

She has gotten the attention of the other residents as well. "My mum left me with that locket, it's the only thing of hers I have, I need it back."

She glances back at the building.

Mrs. Gu steps closer and puts an arm around Naomi's shoulder.

"It's ok, dear. She gave us her number. She wants you to call."

Naomi sniffles and wipes her nose on the sleeve of her shirt. She peers at Mrs. Gu cautiously. "Really? You have her number?"

"I even managed to grab the bag it was in on my way out." Mrs. Gu says, unzipping the tiny brown bag that hangs over her shoulder.

I **no**tice Mr. G**u** wince. "It's not in the bag," h**e** says.

"What do yo**u** m**ea**n?" Mrs. G**u mum**bles.

"**I** put it r**i**ght h**e**re **be**fore w**e** went to bed." As sh**e** sp**ea**ks, sh**e** digs thr**ou**gh the **con**tents of the bag. A few **sec**onds of **desper**ate **rum**mag**ing**. Sh**e** looks up at Mr. G**u** with a **mur**der**ous** gl**a**re. "Yo**u did**n't."

His **shoul**ders slump with guilt. "**I did**n't want her to get hurt **a**gain. **I** had n**o i**d**ea** that she would—" His eyes lift to **Na**o**mi**, who is **si**lent**ly cry**ing.

"**I**'m s**o sor**ry. **I did**n't kn**ow**."

H**e** looks at the front door of the **build**ing, which has clouds of sm**o**ke **pool**ing out of it and **ri**s**ing in**to the **star**less n**i**ght sky. With his brows set in **de**ter**mina**tion, his steps **hur**ri**e**d and large, h**e** runs **in**to the **burn**ing **build**ing.

Nao**mi** t**a**kes off, **dis**ap**pear**ing **in**to the smo**o**ke **be**hind him. A **domino** has been tipped **o**ver. Mrs. G**u re**acts first, her skirt **bill**o**wing** in the wind as sh**e** runs. **I strug**gle to catch up.

Chapter Ten

Inside the building, we meet chaos. More smoke, debris falling like hail, voices booming like thunder. Most of us stand in the hallways, shouting useless instructions at unlistening ears.

Mr. Gu emerges from his room with a fist in the air and more fire in his eyes than this building can contain. "Got it."

We begin our hurried exit. Sweat blinds me in the lobby, and I stumble. My arms drop to the floor and my fingers brush something long and cylindrical. A rolled-up canvas. I scoop it up and **continue** my **escape**.

Outside, the world is **paint**ed blue and red. **Si**rens fill my thoughts.

We **huddle a**round the **pa**per in Mr. Gu's hand. I roll **o**pen the **can**vas in mine. **Naomi glanc**es at it, then at me. I have **nev**er seen a smile so bright.

The **can**vas is **cov**ered in **yell**ows and greens. Five **peo**ple, drawn in **different col**ors, **stand**ing hand in hand. No **build**ing in sight.

This is a **family**. Their **bod**ies pulled **clos**ely **to**geth**er** — a home.

Sound Key
How Noah Text® Works

Noah Text® allows readers to see sound-parts within words, providing a way for struggling readers to decode and enunciate words that are difficult to access. In turn, their improvement in reading accuracy and fluency frees up cognitive resources that they can devote to comprehending the meaning of the text, enabling them to truly enjoy reading while building their reading skills.

Syllables

A *syllable* is a unit of pronunciation with only one vowel sound, with or without surrounding consonants. Syllables line up with the way we speak and are an integrated unit of speech and hearing. Teachers often clap out syllables with their students.

Noah Text® acts upon words with more than one syllable. In a multiple-syllable word, the presentation of each syllable alternates bold, not bold, bold, etc. For example, the word "syllable" would be presented as "**syl**la**ble**," while the word "sound" is not changed at all.

Vowels

A *long vowel* is a vowel that pronounces its own letter name. Here are some examples of underlined long vowels you will find in Noah Text®, along with syllable breaks that are made obvious:

Long (a)
pl**a**te, p**a**in, **hesitate**, **na**tion
h**ai**r, r**a**re, **pa**rent, **li**brary
p**a**le, f**ai**l, **de**t**ai**l
tr**ay**, **al**w**ay**s

Long (e)
f**ee**t, t**ea**ch, **com**pl**e**te
f**ee**l, d**ea**l, **ap**p**ea**l
ear, f**ea**r, h**e**re, **dis**ap**pea**r, **se**v**e**re

Long (i)
tr**i**be, l**i**ke, n**igh**t, **high**light
f**i**re, **ad**m**i**re, **re**qu**i**re
m**i**le, p**i**le, **a**wh**i**le, **re**pt**i**le

Long (o)
gl**o**be, n**o**se, **sup**p**o**se, **re**m**o**te
c**oa**ch, wh**o**le, c**oa**l, g**oa**l, **ap**pr**oa**ch
m**ow**, bl**ow**n, **win**d**ow**

Long (u)
h**u**ge, m**u**le, **fu**el, **per**f**u**me, **a**m**u**se
h**ue**, **ar**g**ue**, **tis**s**ue**, bl**ue**, **pol**l**u**tion

58

Disclaimer   As noted in the research provided at noahtext.com, the English writing system is extremely complex. Thus, the process of segmenting syllables, identifying rime patterns, and highlighting long vowels, is not only tedious but ambiguous at times based on the pronunciation of various regional dialects, the complexity of English orthography, and other articulatory considerations. Noah Text® strives to be as accurate as possible in developing clear, concise modified text that will assist readers; however, it cannot guarantee universal agreement on how all words are pronounced.

About the Author

Chinasa Menakaya is a contributing author to the Storyshares library.

About the Publisher

Storyshares is a publisher focused on supporting the millions of teens and adults who struggle with reading by creating a new shelf in the library specifically for them. The ever-growing collection features content that is compelling and culturally relevant for teens and adults, yet still readable at a range of lower reading levels.

Storyshares generates content by engaging deeply with writers, bringing together a community to create this new kind of book. With more intriguing and approachable stories to choose from, the teens and adults who have fallen behind are improving their skills and beginning to discover the joy of reading.

For more information, visit storyshares.org.

Easy to Read. Hard to Put Down.

www.ingramcontent.com/pod-product-compliance
Lightning Source LLC
LaVergne TN
LVHW052004060526
838201LV00059B/3831